AF321212

DISCOURS

EN VERS,

PRESENTÉ AU ROY,

Le troisiéme Juillet mil sept cens treize.

SUR LA PAIX

ENTRE LA FRANCE

ET L'ANGLETERRE.

Composé par M. ✱✱✱

A PARIS,

Chez ANDRE' CAILLEAU, Libraire, Quay des Augustins,
à l'Image Saint André.

MDCCXIII.

AVEC APPROBATION ET PERMISSION.

BIBLIOTHEQUE IMPÉRIALE IMPR.

EPISTRE AU ROY,

SUR LE DISCOURS EN VERS QUI SUIT,
Fait à l'occasion de la Paix avec la France & l'Angleterre.

SIRE,

VOSTRE MAJESTÉ vient enfin de consommer l'Ouvrage le plus important du monde, pour sa Gloire, pour le repos de son Peuple, & ensuite pour celui de toute l'Europe ; les Cris de joye dont l'Air retentit, ne permettent plus de douter de la Paix que *VOSTRE MAJESTE'* vient de conclure avec l'Angleterre, qui semble nous répondre de la generale que Vous offrez ensemble à vos Ennemis, puisque Vous mettez de vostre costé la Puissance la plus redoutable des Alliez, & que nous regardions comme le seul

4

Bouclier dont ils se sont couverts contre vos Armes, pendant cette Guerre qu'elle va finir entierement : nous la regardons, dis-je, pour *VOSTRE MAJESTE'*, comme la plus grande Victoire de nos jours, & comme le plus grand & le plus heureux travail, qu'Elle ait jamais fini pour tout le Monde, puisque Vous y rendrez la felicité à vostre Peuple & à vos Ennemis, que la Guerre qu'Elle doit finir, a encore plus épuisez que nous ; que Vous y vaincrez leur resistance fortifiée par les Avis de Gens, dont la fortune dépend de la ruine du Genre humain ; que Vous y vaincrez la Fortune mesme, & donnerez à tout le Monde une nouvelle & plus heureuse destinée, * malgré l'ambition aveugle de plusieurs Princes que la tendresse & l'amour pour leurs Peuples paroist avoir abandonnez. Par cette Paix *VOSTRE MAJESTE'* asûre à son Petit-Fils la Possession d'un des premiers Royaumes du Monde. Je ne m'étends pas sur la jalousie de toute l'Europe armée contre Vous seul, *SIRE*, je ne parle point des difficultez que Vous avez surmonté dans la Guerre, ni des obstacles qu'on Vous a opposez dans la Négociation de la Paix, ni de l'ingratitude de ceux qui ont quitté vostre Alliance pour se mettre du costé de l'Ennemi de vostre Maison, qui doivent à vos Secours le rétablissement de la leur, ni de ceux qui ont tasché de Vous oster les Etats que Vous conservez à vostre Sang & au leur. Je tairai aussi ces lasches hostilitez ou partialitez de ces Puissances Neutres qui ont traversé un Prince juste dans la poursuite de ses Droits legitimes ; d'un Grand Roy,

---

* Quid felicius homini quam fecisse felicem, vicisse Fortunam, & dedisse homini novum fatum. *Plin. Paneg. Trajan.*

toûjours regardé comme la Colomne & l'Appui d'une Religion dont ils veulent estre crûs les grands Zelateurs : cela est trop connu. Tant de contrarietez dans la Guerre, & tant d'obstacles pour la finir, Vous viennent sans doute des desseins de la Providence, pour éprouver un cœur preparé à tous évenemens. Et comme le Ciel vouloit faire de Vous, SIRE, un Modéle universellement achevé, il vouloit que vostre grande Ame eust un Commerce également heureux avec les Vertus les plus difficiles. Enfin, quelque rayon de fortune qui ait ébloüi vos Ennemis, VOSTRE MAJESTE' aura avec la Reine d'Angleterre, l'honneur & la joye de les contraindre à accepter cette Paix aussi desirée de leurs Peuples que des vostres, sur laquelle j'ay fait un Discours en Vers, que j'ose dedier à VOSTRE MAJESTE', autorisé par l'honneur qu'Elle me fit, il y a plus de vingt ans, d'entendre lire un Ouvrage en Prose que Monsieur de Breteüil alors Lecteur de VOSTRE MAJESTE', luy presenta pour moy sur la Patience Heroïque dont VOSTRE MAJESTE' surprit autant tout le Monde, qu'elle allarma tous vos Sujets dans le temps de cette maladie terrible, dont le souvenir nous fait encore trembler. J'ose esperer encore de VOSTRE MAJESTE', la mesme grace pour cet Ouvrage nouveau, où quelquefois j'ay crû, que loin de Vous déplaire, je pouvois me faire un merite de reconnoissance pour moy & pour vos Sujets auprés de VOSTRE MAJESTE', sur la justice que je tasche de rendre aux grandes qualitez de la Reine de la Grande Bretagne, qui a tant de part à l'heureux évenement que nous attendons de ses soins &

des vostres. Je n'ay pas crû blesser la délicatesse de la bienseance & de la regle, qui semble assujettir un Panegyriste à se borner aux loüanges de son Heros; la rencontre de tant de Vertus en Vous, qui font le sujet de ce Discours, ont reveillé en moy le souvenir des siennes, qui par leurs conformitez semble nous répondre, malgré tant d'envieux, d'une Union entre Vous & cette grande Reine, qui fera la regle du bonheur de la Terre : C'est le souhait le plus ardent de celui qui ose se vanter d'estre autant par inclination que par devoir & reconnoissance, avec un tres profond respect,

SIRE,

DE VOSTRE MAJESTÉ,

Le tres humble & tres obéïssant
Serviteur & fidele Sujet,
CHARTON.

DISCOURS
EN VERS,
PRESENTÉ AU ROY,
SUR LA PAIX
ENTRE LA FRANCE ET L'ANGLETERRE.

LE Flambeau de la Guerre allumé par l'Envie,
Pour illuſtrer encor ta prétieuſe Vie,
Va s'éteindre à la fin par tes nobles travaux,
Et tu vas rendre au Monde un durable repos ;
Laſſe à la fin, GRAND ROY, d'une ſanglante guerre,
On voit de ton côté ſe tourner l'Angleterre,
De ton grand Ennemi le plus ſolide appui,
Avec Toy fait la Paix, & ſe refuſe à luy :
De ſes foibles efforts que pourroit-il prétendre ?
Et d'autres Alliez quel grand ſecours attendre ?
Quel moyen de la Paix peut plus nous aſſurer ?
Ton Peuple avec tel gage a tout droit d'eſperer,
D'Ennemis, de Traitans, il n'a plus rien à craindre ;
C'eſt aux Uſuriers ſeuls qu'on permet de ſe plaindre,

Car le Ciel avec Toy voulant nous rendre heureux,
GRAND ROY, de tous ſes biens comble aujourd'hui nos vœux,
Sa bonté, ſes ſecours pour rejoüir la France,
De Vins delicieux nous donne l'abondance;
Et pour mettre une fin à tant de grands fleaux,
Se ſert d'ANNE & de Toy pour tarir tous nos maux.
Luy ſeul à qui de tout tu ſçais rendre la gloire,
Au plus juſte ſouvent refuſe la Victoire;
Les ſuccés trop ſuivis, & ſouvent reperez,
Ne nous font pas bien voir de nos plus beaux coſtez;
Ce n'eſt pas du hazard que dépend la conſtance,
En ſoy-meſme elle prend ſa bonne contenance;
Mais au fort, bien ſouvent à la temerité,
On doit tout le bonheur d'un combat fort vanté:
La Grandeur ſe connoiſt à bien plus d'une marque,
Le ſuccés ne fait pas tout ſeul le grand Monarque;
Les Parthes quelquefois combattans les Romains,
Ont fait changer pour eux le fort & les deſtins,
Et l'Hiſtoire équitable à ce Peuple ſi ſage,
Ne fait pas pour cela de honte ni d'outrage:
Auprés de Rome enfin tant de Romains battus,
Que leur fit Annibal, qu'illuſtrer leurs vertus?
Que ſert qu'aux Champs d'Hochſtet la Fortune changeante,
Ait du brave TALLARD trompé la juſte attente?
Qu'à nous prouver que tel gagne un Combat un jour,
Qui trouve un plus heureux qui le bat à ſon tour;
Qu'à nous prouver enfin, qu'en cette horrible Guerre,
Charles doit ſon ſalut au ſecours d'Angleterre:
Qu'à faire ſouvenir qu'à Saint Godart jadis,
Son Pere dût le ſien à celui de LOUIS;
Sans ſes braves Soldats, ſans leur valeur rapide,
Quel eſtoit voſtre ſort, Allemagne timide?

Sous

Sous le glaive Ottoman vos tremblans Bataillons,
Auroient de la Hongrie engraiſſé les ſillons;
La terreur de chez vous paſſant en Italie,
N'auroit pas reparé le Sac de la Hongrie:
Par voſtre perte enfin le Croiſſant redouté,
Auroit pû s'arondir, & s'en voir augmenté.
Sans compter les ſuccés de la premiere Guerre,
Voyons ce qu'aujourd'hui, GRAND ROY, l'on t'a vû faire;
Si Charles avec Toy vouloit un jour compter,
Lequel d'heureux Combats pourroit plus rapporter,
Sur l'Eſcaut, ſur le Rhein, au cœur de l'Allemagne,
Vers le Po, dans Cremone, au centre de l'Eſpagne,
De Keren & Spirbach, Hochſtet meſme, *Almanza,
Frideling, Caſſano, Villavicioſa,
Ainſi que Luzara rendent bon témoignage,
De la valeur Françoiſe & de ſon grand courage,
Et nous prouvent combien ton Bras fort au beſoin,
Contre tant d'Ennemis & s'étend & va loin;
Non, GRAND ROY, que je perde aujourd'hui la memoire,
De ces Faits glorieux dont brille ton hiſtoire;
Que de Combats heureux, que de Places, de Forts,
Cedez par l'Ennemi malgré tous ſes efforts: [Belgiques,
Combien de fois, GRAND PRINCE, aux Campagnes
Nous fis tu voir jadis cent vertus Heroïques;
Combien de fois la Paix deſarmant ton courroux,
Tu nous rendis un calme & néceſſaire & doux:
Mais un Monde trois fois conjuré par l'Envie,
Pût-il jamais troubler un jour ſeul de ta vie?
Malgré quelque revers par ton Cœur combattu,
Tous les temps ſont toûjours égaux à ta Vertu;

* Premier Combat d'Hochſtet, où le Comte de Stirum fut défait par Monſieur l'Electeur de Baviere, commandant les Troupes du Roy, jointes aux ſiennes.

B

Ainſi tel que Phebus ombragé d'une nuë,
Paroiſt bientoſt aprés plus charmant à la vûë ;
Tel LOUIS, toûjours Grand, malgré tant de jaloux,
Ne voit point éclipſer ſon air ſerein & doux :
Dans un plus grand ouvrage une ſi belle hiſtoire,
De ſon nom glorieux doit graver la mémoire ;
Mais quelqu'honneur qu'on rende à ſes belliqueux **Faits**,
Je le retrouve encore plus charmant par la Paix :
C'eſt un Soleil plus doux qui fait fleurir l'Olive,
Et qui veut qu'à ſon tour Bellone ſoit oiſive,
Malgré le fier Germain ſans ſecours impuiſſant,
LOUIS LE GRAND ſera toûjours LOUIS LE GRAND.
Jadis nos Ennemis ſurpris de ſa Puiſſance,
Luy donnerent ce nom malgré leur arrogance ;
Quand de reclamer contre, ils auroient tous raiſon,
Ce qu'il a fait depuis luy vaudroit ce beau nom ;
L'Eſpagne à ſoûtenir, & la France à défendre :
D'autres bras que des ſiens auroit-on dû l'attendre ?
Les Cimbres, les Teutons, les Gots & les Lombards,
Briſerent tour à tour le throſne des Ceſars ;
Cent Peuples avec eux liguez avec l'Empire,
A ſes juſtes déſirs viendront bientoſt ſouſcrire.
Un Ouvrage ſi grand, ſi cher au Genre humain,
Pour ſe manifeſter mépriſe le burin ;
Pour en mieux conſerver l'éternelle mémoire,
La ſeule Renommée en publiera la gloire.
Ho ! vous de Leopold fragile monument,
Vos preceptes pour luy ſont écrits ſeulement.
Periſſez vers Auſbourg Colomne ridicule ;
Malgré vous audelà des Colomnes d'Hercule,
Sur les Indes, l'Eſpagne, & cent autres Pays,
LOUIS verra regner un de ſes Petit-fils.

Que les beaux rejettons refervez à la France,
Pour leur plus grand bonheur foient tous fa reffemblance;
Que pour la mieux former, ils puiffent voir longtemps,
De fes rares vertus les exemples vivans:
Ce font-là des François les vœux les plus finceres,
Leur intereft combat tous les défirs contraires;
Parmi les doux plaifirs qu'enfante cette Paix,
On voit dire à chacun pour fes plus grands fouhaits,
Faffe le jufte Ciel que l'on doute fans ceffe,
Si fa grande valeur égale fa fageffe,
Et fi ce Roy puiffant, dont chacun eft charmé,
Aime fes bons Sujets, plus qu'il n'en eft aimé.
De femblables tranfports mon Ame auffi la proye,
Tous ces Vers que je fais font enfans de ma joye;
Car toûjours fort timide en tous ces temps douteux,
Au lieu de Vers pour Toy, je n'ay fait que des vœux:
Puis-je faire autre chofe à mon dixiéme luftre,
Quoique ce que tu fais foit toûjours grand, illuftre;
C'eft faire à fon Heros de fort mauvais prefens,
Que de luy prefenter toûjours le mefme encens.
On t'accable, GRAND ROY, loin de te fatisfaire,
De te bercer toûjours d'une rime vulgaire;
Tant de gens ont écrit à l'honneur de LOUIS,
Que rien n'eft plus oüi que fes Faits inoüiis.
Cent Auteurs ont vanté fa gloire & fa puiffance,
Mais combien de leurs Vers meritent recompenfe;
Parmi ceux qui de luy parlerent dignement,
Peliffon & Boileau le firent feulement:
Que difent les Ecrits d'un doucereux Mercure,
Où cent Grimaux en vers fe donnent la torture:
Les Oifeaux ont parlé pour falüer Cefar,
Mais heureux le premier qui dit Kairé Cefar;

Car aprés cent Corbeaux parlant du mefme ftyle,
Ne firent à Cefar aucun difcours utile ;
Et perdant la plufpart leur Grec & leur Latin,
D'un jargon importun Octave vit la fin.
Il eft vray qu'autrefois laffé de mon filence,
Je parlai de ton Nom & de ta Patience,
Excité par Breteüil pour la premiere fois,
Ma Profe ofa loüer le plus grand de nos Rois.
A la Paix de Rifvick, de tes feuls foins l'ouvrage,
De l'Art d'écrire en Vers je fis l'apprentiffage,
Et ma Mufe à la fin s'émancipant un peu,
J'attaquai le Traitant, & mis l'Avare en jeu.
Aujourd'hui plus hardi, temeraire peuteftre,
Si j'ofe par mes Vers me faire encor connoiftre,
Peuteftre que ces Vers par l'hiftoire avoüez,
Dans le jufte avenir pourront eftre louez ;
On fçaura gré toûjours au jufte & digne zele,
D'une Mufe hardie & d'un Auteur fidele,
Qui bien inftruit des temps de ces Faits merveilleux,
Apprenne en peu de mots en Vers à nos neveux,
Ce que ne peut l'Hiftoire à l'avenir apprendre,
Que par d'autres difcours qu'elle doit plus étendre ;
Non qu'elle ne doive eftre & la fource & le fond,
Où doit toûjours puifer un Poete profond :
C'eft de l'Hiftorien que fe fait le Poëte,
Sans l'Hiftoire un Auteur montre à jeun fa difette ;
A fon efprit aride enfin abandonné,
Il voit bientoft la fin d'un fond infortuné :
Si par hazard il vient à fe former un ftyle,
Ce n'eft que jeux de mots d'un Ecolier fterile.
De tous tes Faits choifis, la verité fans fard,
N'a befoin de fecours de l'Encens, ni de l'Art ;

Enfin, à te loüer, on a cet avantage
De puiser largement, & bien remplir la page;
L'amas prodigieux de tes Faits éclatans,
Epargne dans les Vers & la peine & le temps:
N'en reçois pas moins bien de ton Sujet fidele
Ce Discours où mon Art brille moins que mon zele,
Où, GRAND ROY, je n'ay pris pour luy d'autre ornement,
Que de ce que j'ay vû dans tes temps seulement;
Et si par peu de mots je chante ici ta gloire,
Je t'en ennuirai moins que d'une longüe Histoire,
Où seulement pour fruit d'un indiscret encens,
Je verrois par mes Vers steriles, impuissans,
Loin d'augmenter chez nous ton Nom, ta Renommée,
Moy mesme m'obscurcir de ma propre fumée,
Ou comme Icare en l'Air par mon effort trop vain,
Donner par une chûte une epithete au Rhein.
Je laisse aux successeurs de Boileau, de Racine,
La gloire d'achever une œuvre si divine;
C'est bien assez pour moy qu'à la nouvelle Paix,
J'ose, GRAND ROY, tracer quelques uns de tes Traits,
De pouvoir dans ces Vers peindre le triste Eugene,
Pour fruit des grands efforts de son intrigue vaine,
Imitant un enfant qui vient de trebucher,
Battre dans son dépit la place du plancher;
Et marquant jusqu'au bout son chagrin & sa rage,
Effrayer les enfans & les Gens de Village:
C'est bien assez pour moy de pouvoir aujourd'hui
Peindre de Godolfin le désolant ennui;
De parler de l'esprit & de la grandeur d'Ame
D'une Reine audessus du sexe d'une femme,
Qui sçait rendre le calme & mettre l'union
Dans l'esprit agité des Peuples d'Albion;

Que l'on voit foûtenir d'une vigueur extrême,
La dignité, l'éclat, les droits du Diademe,
Et qui pour feconder tous tes juftes fouhaits,
Allie avecque Toy la Juftice & la Paix.
Il eft vray que le Ciel auteur de tant de gloire,
Veut qu'on la tienne encor des mains de la Victoire;
Car dés que d'Albion l'Archiduc orgueilleux,
A perdu fur l'Efcaut le foûtien vigoureux,
Qu'il ne voit plus briller la clarté de cet Aftre,
Il voit de fes Soldats la perte & le defaftre.
Afin que le Germain en foy-mefme rentrant,
Reconnoiffe les Traits qui font LOUIS LE GRAND;
Qu'il fçache, en quelqu'endroit que le hazard le mene,
Qu'il eft tel fur l'Efcaut, qu'il fut fur la Mehaine,
Puiffant & redoutable à fes fiers Ennemis,
Humain & bienfaifant à ceux qu'il a foûmis :
C'eft là de ce grand Roy le noble caractere,
Voilà ce que dans luy l'on connoift & revere.
Si l'on veut qu'en deux mots je le peigne aujourd'hui,
Sans rien s'approprier, le Ciel eft fon appui,
Et fi contre luy feul il trouve tout le Monde,
Il fçait trouver en luy fa reffource feconde.
Quoy qu'il en foit, enfin, rien ne peut alterer
L'air tranquille & ferein qu'il fçait toûjours montrer.
Perfides Ennemis des Rois & des Monarques,
Qui de Dieu fur leur front ont les vivantes marques,
Vigts turbulens, François reformez prétendus,
Vos vains & noirs complots font enfin confondus;
Godolfin & Churchil * liez avec Eugene,
Sont terraffez des coups d'une puiffante Reine,
Et verront pour loyer de leur vain attentat,
Tomber leurs Partifans & leur Triumvirat,

* autrement Malbouroug.

Dont l'avis détesté dans Vienne & dans la Haye,
Porte à leur Ligue injuste une incurable playe.
Déja cent Bataillons auprés de Mons tremblans,
Ecartez par VILLARS, rendus moins insolens,
Pour s'empescher trop tard d'estre reduits en poudre,
Voudroient bien conjurer ta menaçante foudre :
Mais à quoy peut servir un tardif repentir,
A qui de son malheur ne sçauroit plus sortir ?
Qui peut sçavoir enfin si cette grande Reine,
D'entendre Charle encor veut se donner la peine ?
Si LOUIS veut encor, le pouvant terrasser,
Sur la Paix aujourd'hui le laisser balancer ?
Si tous deux rebutez de sa vaine arrogance,
Il n'a pas à la fin usé leur patience ?
Avec ANNE il n'est rien, sans sonder l'avenir,
GRAND ROY, que tu ne puisse entreprendre & finir.
Si tu ne le fais pas sans estre temeraire,
On pourra dire au moins que tu pourrois le faire ;
Mais présumant toûjours en faveur de la Paix,
Dont le rare bonheur fait tes plus grands souhaits,
Ennemi de la Guerre & de tant de ravages,
Sans vouloir aujourd'hui prendre tes avantages,
Je prévois à la fin par sa docilité,
Qu'il pourra la devoir à ta seule bonté.
A-t-il regret de voir l'Angleterre & la France,
De l'Europe troublée ajuster la balance ?
Et qui peut sur la Paix si longtemps l'arrester,
Et de faire la Guerre a pû tant l'entester ?

A t'il sur l'avenir consulté quelque oracle
Ou le Ciel luy doit jl quelque nouveau miracle
Croit jl que Sur Ses droits le hongrois endormy
jl ne reuerra plus vn ancien Ennemy

Peut-il avec raison fonder quelque esperance
Sur une égalité de force avec la France?
Peut-il sur cette Paix craindre un manque de foy,
Lorsqu'ANNE garantit ce qu'a signé le Roy?
Et sied-il aprés tant de réponses si fieres,
De vouloir sur le Rhein doubler tant de barrieres,
De se laisser troubler de la moindre vapeur?
LOUIS n'a pas le don de guerir de la peur,
La parole & la main d'un Prince si sincere,
N'est pas moins ferme & sûre à la Paix qu'à la Guerre. ✱
Vingt Bataillons rendus qu'il pouvoit retenir,
D'une trop bonne foy nous font trop souvenir;
Ce reproche où l'on croit qu'ici je me dérange,
GRAND PRINCE, te mérite une telle loüange
Qu'elle fait une honte, un reproche éternel
Aux Rois, qui sans respect d'un Traité solemnel,
Attendent que le sort ennemi d'un grand Prince,
L'éloigne de chez luy pour piller sa Province,
Laissant à l'Ottoman jaloux du nom Chrétien,
L'honneur de luy servir d'asyle & de soûtien;
Et par une bonté de la tienne imitée
Relever la valeur du sort persecutée,
Qui faisant sur Toy seul un juste & beau retour,
Sert à mettre encor mieux tes Vertus dans leur jour.
Mais sans t'aller chercher ailleurs que chez Toy-mesme,
Quels Exploits étonnans la Puissance suprême
Vient d'operer pour Toy sur la Scarpe & l'Escaut?
VILLARS aussi grand Chef, qu'intrepide à l'assaut,
Confond tes Ennemis, & pour les mettre en poudre,
Sçait de leurs propres mains leur arracher la foudre,

✱ Te Caï Cæsar, per istam dexteram oro, quam Regi Dejotaro porrexisti, istam inquam dexteram, non tam bellis & præliis, quam fide & promissis firmiorem, Cicero pro Rege Dejotaro.

Dont

Dont ils fe font vantez de nous mieux accabler,
Et les fait dans l'Empire & dans Vienne trembler.
C'eft à ton vafte Efprit, qui fur le fien influë,
Que de tant de hauts Faits la grande gloire eft dûë.
Sept Places ou Forts pris avec leurs Garnifons,
Qui de ton grand Royaume empliffent les Prifons,
Ont fait évaporer leur fuperbe arrogance;
Depuis tous leurs Courriers vont d'Angleterre en France,
Par leurs inftructions & des humbles difcours,
Solliciter pour eux ces deux habiles Cours.
A ces gens, qui jadis dédaignoient de t'entendre,
La bouche des Canons leur fait enfin comprendre,
Que pour trouver chez eux leur propre fûreté,
Ils devoient s'en remettre à ta feule équité.

Mais que dis je! le Ciel confirmant mon augure,
déja de Landau pris un courier nous assure,
Sans doute que luy seul dont tu fais ton apuy,
pour te recompenser il pretend aujourdhuy,
par ce nouveau triomphe et par cette conqueste,
joindre encor des lauriers au bouquet de ta feste.

<hr>

APPROBATION.

J'AY lû par ordre de Monfieur le Lieutenant General de Police, un Manufcrit en Vers François, à la loüange du Roy, dont on peut permettre l'impreffion. A Paris ce 3e Aouft 1713. *Signé,* PASSART.

<hr>

PERMISSION.

VEU l'Approbation du Sieur Paffart, permis d'imprimer. Ce quatriéme Aouft 1713.

MARC-RENE' DE VOYER D'ARGENSON.

Regiftré fur le Livre de la Communauté des Libraires & Imprimeurs de Paris N° 172. conformément aux Reglemens, & notamment à l'Arreft de la Cour du Parlement du troifiéme Decembre 1705. A Paris ce neuf Aouft 1713.
L. JOSSE Syndic.

<hr>

De l'Imprimerie de CHARLES HUGUIER,
ruë de la Huchette, à la Sageffe.

www.ingramcontent.com/pod-product-compliance
Lightning Source LLC
LaVergne TN
LVHW021059050726
842519LV00005B/1731